孙子兵法

—— 第四册

上海人民美术出版社

浙江人民美术出版社

U0164219

目 录

计 篇·第四册 —————————————————

晋文公退避三舍战城濮 ……………………………………………… 1

刘锜顺昌挠敌破金兵 ……………………………………………… 55

曹咎恃勇忘慎失成皋 ……………………………………………… 97

伍员疲楚入郢都 ……………………………………………… 113

战 例 **晋文公退避三舍战城濮**

编文：王素一

绘画：钱定华 辛 佛
　　　沈一志 钱 兴

原　文　强而避之。

译　文　敌人兵强卒锐，就暂时避开它。

1. 晋楚城濮之战，发生在周襄王二十年（公元前632年），是春秋时期晋楚长期争霸中具有决定意义的一次大战。在战前的两年（公元前634年），鲁国因多次遭受齐国的进攻，便派人向楚国求援。

2. 宋国又因曾在泓水之战中被楚国击败，宋襄公受伤而死，所以不甘心
对楚国屈服，近年来看到晋国势力日强，地位日高，就准备投靠晋国。
鲁国倾向楚，宋国倾向晋，于是就成了城濮大战的导火线。

3. 楚成王为了争夺中原霸权，一方面派兵援助鲁国攻打齐国，占领了齐国的谷邑（今山东东平北）。

4. 另一方面，楚成王又派令尹成得臣（字子玉）、司马子西率军攻宋，围攻宋国的缗邑（今山东金乡）。

5. 次年（公元前633年），楚成王又派成得臣率领本国和四个小国的军队包围了宋国都城商丘（今河南商丘南），借援鲁和伐宋的名义制止晋国向南扩展。

6. 晋国得悉楚国出兵，立即商讨对策。大夫先轸劝晋文公火速出兵救宋，以救宋为名，出兵中原，这是"取威、定霸"的极好机会。

7. 狐偃（字子犯，晋国的卿，晋文公的舅父）补充先轸的意见说："救宋，须途经曹、卫两国，而曹、卫是楚的盟国，距晋近而离楚远。如果我们攻打曹、卫，楚必北上支援。这样，齐、宋两国的危险就解除了。"

8. 晋文公采纳了先轸和狐偃的建议，于公元前632年正月出兵，南渡黄河，迅速转向东北，往卫国内地进军，攻取卫地五鹿（今河南清丰西北）。

9. 接着，晋军占领敛盂（今河南濮阳东敛盂聚），与齐昭公会盟修好。

10. 然后，乘卫国内部动乱，攻入卫都楚丘（今河南滑县东）。二月，占领了全部卫地。

11. 由于晋军行动迅速，楚军救卫不及，仍继续围攻宋都商丘。晋文公了解到楚军仍包围着宋国，决定南下围攻曹都陶丘（今山东定陶西北）。三月，攻入陶丘，俘虏了曹共公，逼近宋境驻扎下来。

12. 晋文公对先轸、狐偃等卿大夫说："这次行军作战，其一，避免了
远征救宋而可能遭受的楚军与曹、卫军前后夹攻的不利局面；其二，当
年我流亡楚国，楚成王以礼相待，有恩于我。这次没有主动攻楚，道义
上对我亦有利……"

13. 正说着，宋成公派大夫门尹般来晋营告急。晋文公热情地接待了门尹般，并答允他：商议后立即给宋成公回信。

14. 晋文公继续对卿大夫说："宋国求救，我如不救，宋必降楚而与晋为敌；欲与楚决战，与我友好的秦、齐两国又不出兵相助。各位以为该如何办？"

15. 先轸说："最好的对策是：一方面要宋国用物资去贿赂齐、秦，请求齐、秦去劝说楚国撤兵。楚国必然不会听齐、秦的劝说。齐、秦就会抱怨楚国而参战。"

16. 先轸接着说："另一方面，我们继续扣留曹共公，把曹、卫的土地分一部分给宋人，以坚定宋人抗楚的决心。这样，就能保住宋国。"

17. 晋文公按此对策行事，即复书交门尹般带交宋成公。

18. 秦、齐两国的国君收到宋成公派人送来的重金贿赂，果然派使臣到楚营替宋国说情调停。成得臣已围宋多时，岂肯尽弃前功，拒绝了两国使者的要求。

19. 两国使臣分别回到秦、齐报告后，秦穆公、齐昭公都怨楚国绝情，遂相继出兵参战。

20. 此时，宋人也已得到了曹、卫两国的部分土地，十分感激晋国，并组织力量去支援自己的都城商丘。

21. 楚成王得到秦、齐与晋联合的消息，深感形势对己不利，就下令要成得臣撤离宋都，避免与晋交战，率师回楚。并在信中告诫成得臣："晋文公流亡十九年，阅历很深，洞悉民情，切不可轻举妄动！"

22. 但成得臣骄傲自负，不分析晋、楚双方的形势发展，认为小小一个宋都早晚可以拿下来的。仍要求楚王允许他打了胜仗再撤军，万一败给晋军，情愿以军法论处。

23. 楚成王见成得臣不回来，颇为不满，征询老臣子文意见。子文说：
"晋国先联齐、秦，再攻曹、卫，要救宋而又不先攻楚，这在战略上和
道义上都是成功的。这是想使楚国孤立，让晋国称霸。我想还是让成得
臣带兵撤回为妥。"

24. 楚成王再派人去通知成得臣。成得臣觉得硬顶不妥，就下令暂按兵不动，可又不肯撤兵离开。楚成王见成得臣决心很大，也许能侥幸取胜，就给他增派去一千左右士卒。

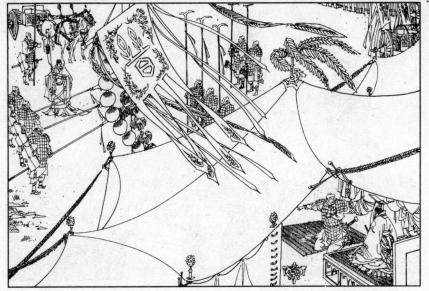

25. 成得臣得到了楚王的援兵后，更加坚定了同晋军作战的决心。他为了找借口同晋军作战，派大夫宛春至晋营见晋文公，提出"晋允许曹、卫复国，楚即撤去围宋之兵"的休战条件。

26. 狐偃认为：成得臣蛮横无理，他只解宋之围，没理由要晋放弃已经攻克的曹、卫两国。建议抓住这一点，向楚国进攻。

27. 先轸摇头说："我如不答允对方，就会把曹、卫、宋三国都得罪了，而楚倒成为三国的恩人。晋是以救宋的名义出兵的，如果宋灭亡，各诸侯会责难晋国。因此，我的对策是：我私下允许曹、卫复国；扣留宛春，激怒成得臣，让他来挑起战争……"

28. 晋文公于是将宛春扣留住，派人去与曹共公、卫成公说，答允曹、卫复国，只要求曹、卫与楚绝交。

29. 于是，曹、卫两国就派人到楚营，送去绝交书。成得臣一见绝交书，几乎被气昏，怒吼道："肯定是晋国在搞鬼，我先打退了晋文公再说。"

30. 成得臣在一怒之下，带领楚国和联军陈国、蔡国的兵马一直赶到晋国驻兵的地方。

31. 晋文公见楚军终于被激怒而主动来战,遂按原定计划下令向卫国国境"退避三舍"(九十里)。因那里的地形对晋军作战极为有利。

32. 有些晋军将士认为楚军长期包围宋都，已经疲劳，可以战而胜之，不应该后退。狐偃解释说："当年晋侯流亡到楚，曾受过楚王的恩惠。晋侯曾有'晋楚治兵，避君三舍'的诺言。现在如不履行诺言，就理屈了。"

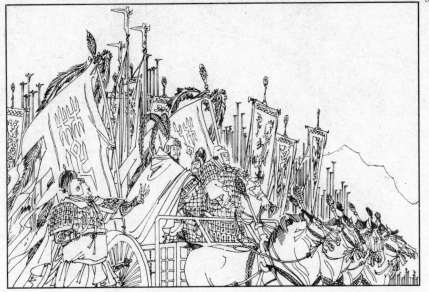

33. 晋军向北撤退了，楚军将士大多不想追击。大将鬭（dòu）勃对成得臣说："晋国的国君一直避着楚国大军。现在我进晋退，楚军已很光彩。况且楚王又嘱咐避免与晋作战，还是乘机撤军回去为宜。"

34. 成得臣却认为晋军惧怕楚军，不接受蔫勃的意见，下令追击。于是，晋军退、楚军追，一直追到九十里外、卫国境内的城濮（今河南濮阳南），晋军才驻扎下来。

35. 晋国表面上是履行诺言，而实际上达到争取舆论，特别是在道义上争取盟国齐、秦、宋支持的目的；"退避三舍"，避开了强敌的锋芒，松懈楚军士气。军到城濮后，晋文公立即召集将佐部署。

36. 晋军有战车七百乘，兵力近三万人，装备整齐。上军在右，由狐毛、狐偃二将指挥；下军在左，由栾枝、胥臣二将指挥；中军居中，由先轸、郤溱指挥。先轸为元帅，同时指挥三军。

37. 秦、齐、宋三国的军队，不足二万人，仍保持原来的建制参加作战，统一由先轸调度。

38. 这时，楚军也赶到了。成得臣观察了地形，觉得与晋军相邻的丘陵地带有利于自己布阵，遂按丘陵地形配置了楚军。

41

39. 成得臣急于求战，刚部署完兵力，就派鬭勃向晋军挑战。晋文公很有礼貌地派下军主将栾枝回复：晋侯因不敢忘记楚王的恩惠，故退避到此。既然得不到大夫（指成得臣）的谅解，那就在明日作战。

40. 当天，晋文公亲自到有莘（城濮的南部）检阅军队，见晋军和盟军士气饱满、纪律严明，欣慰地说："很好，可以作战了。"但他仍叮嘱三军将领须慎重对待号称十万大军的楚军。

41. 翌日，决战开始。晋左翼下军副将胥臣把驾车的马蒙上虎皮，首先向对面的楚国右军发起攻击。楚右军前锋系陈、蔡两国的士兵组成，战斗力很弱，遭到突然攻击，惊慌失措、纷纷后退，蔡公子卯被杀，军队溃散。

42. 晋右翼上军主将狐毛，令士兵竖起两面大旗，伪装主将后退，引诱对面子西所率的楚左军出击。

43. 同时，晋左翼下军主将栾枝也命人在阵后用车拖曳树枝，扬起尘土，佯示后面的军队也在撤退，以引诱鬭勃所率的楚右军冲上来。

44. 成得臣不了解晋军的计谋，下令全军冲击。子西率左军迅速推进，因冲得太快，以致孤军突出，侧翼暴露。

45. 晋军元帅先轸见楚左军被诱出击，便指挥精锐军变换阵势，从正面侧击已暴露的楚左军。

46. 这时，佯装后退的狐毛、狐偃也已收起两面大旗，配合中军夹击楚左军。子西所率楚左军遭到夹击，大部分被歼，另一部分溃退。

47. 鬭勃所率的楚右军，因前锋陈、蔡士兵败退，蔡公子卯被杀，阵势和士气都受到影响。见对面栾枝所率的晋左军在撤退，赶忙率楚右军冲锋，但比楚左军迟了一步，同样惨遭溃败，鬭勃中箭逃跑。

48: 楚军失去左右两翼，中军主力暴露突出。晋军左右两军获胜后，立即参加主力会战，对楚军形成合围之势。

49. 楚军支持不住，有的楚将开始夺路奔逃，车马器械损失殆尽。成得臣见大势已去，这才看到楚军已濒临全军覆灭之境，慌忙乘晋军合围未形成前，收拾残兵撤退，突出包围圈逃跑。

50. 城濮之战至此结束。晋文公善于听取将佐意见,一次再次避开强敌,直到把楚军吸引到完全有利于自己的地区,使敌军疲于奔命、斗志降低,由强变弱,然后进行决战,一举战胜。这一战,为晋文公争霸中原起了决定作用。

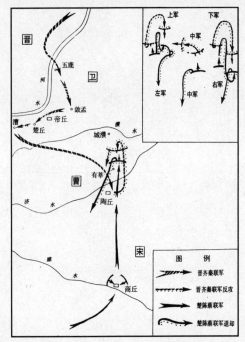

晋楚城濮之战示意图

孙 子 兵 法
SUN ZI BING FA

战 例 # 刘锜顺昌挠敌破金兵

编文：晨　元

绘画：盛元富　盛天晔　施梅珍

原　文　怒而挠之。

译　文　敌人气势汹汹，就设法屈挠它。

1. 南宋高宗绍兴十年（公元1140年）五月，金朝统治者撕毁与南宋王朝的和议书，悍然发兵南下，夺回根据和议由金归还南宋的全部河南、陕西之地，并继续进兵威胁淮南。

2. 南宋新任汴京（今河南开封）副留守刘锜，此时正率一万八千余人由水路北上赴任，闻报汴京已被金军占领，即命诸军舍舟登陆，兼程前进，于五月中旬进抵顺昌（今安徽阜阳）。

3. 金军一路南下，已进占距顺昌三百余里的陈州（今河南淮阳）。顺昌军民惶恐不安，准备弃城南逃。刘锜对知府陈规说："军情紧急，城中如果还有备粮，顺昌就可坚守。"陈规答道："有米万斛。"

4. 刘锜见仓库中还存有许多毒药，就问陈规："这些毒药有何用处？"陈规摇头说："不知道。这是三年前傀儡齐帝刘豫放着的，我到任时就存放此处了。"刘锜笑笑说："正好！有了粮食，还有毒药，足以对付敌人了。

5. 刘锜于是召集所有军民，高声说道："今东京（即汴京）虽已失守，但军队还在，还有城池可守，有敢言南逃者，立斩无赦！"

6. 为了表明坚守顺昌的决心，刘锜下令将停泊于城东门的船只全部凿沉。并将自己家属安顿在寺院内，门前堆满柴草，对众将士说："如城被攻破，立即焚烧我的家小。"

7. 所有人都被刘锜的赤胆忠心所感动，表示愿与此城共存亡！

8. 刘锜随即分派诸将守四门，又令男子筑寨修垒，加固城防，女子则磨刀砺剑，并且派出侦察人员，依靠当地百姓为向导，打探金军动向。六天后，初步完成防御准备，严阵待敌。

9. 此时，金兵的数千游骑已渡过顺昌北面的颖河，肆无忌惮地向顺昌城外进逼。

10. 刘锜预先设置的伏兵突发，金兵猝不及防，仓皇败逃，千户阿赫等二人被活捉。

11. 从俘虏口供中得知，金将韩常率部在顺昌城西北三十里的白沙涡下寨。刘锜派出一千余兵，趁敌初至，连夜袭击，大败敌军，使其锐气受挫。

12. 五月二十九日，金军三路都统制葛王完颜褒和龙虎大王突合速率领三万余兵赶往顺昌城。强敌压境，顺昌城却是四门大开，城上不见一兵一卒。金兵见状，疑虑不敢接近。

13. 金兵发过一阵箭后，见城内仍无反应，以为宋军已经弃城逃离了，便大着胆往城里冲去。

14. 刚及城边，城内宋军突然万箭齐发，金兵大批伤亡，慌忙后撤。

15. 刘锜抓住战机，率步兵出击，金军溃乱渡河逃命，溺死、被俘者不可胜数。

16. 金军移营至距城二十里的东村下寨。当晚，太雨将至，伸手不见五指。刘锜派骁将阎充率五百壮士袭寨。

17. 宋兵突入敌寨，无闪电时静匿不动，雷电闪动时，见有辫发的人就砍杀。

18. 金营内大乱，金兵被迫后撤十五里躲避。刘锜再募壮士百人，每人折竹为哨，混入敌营。

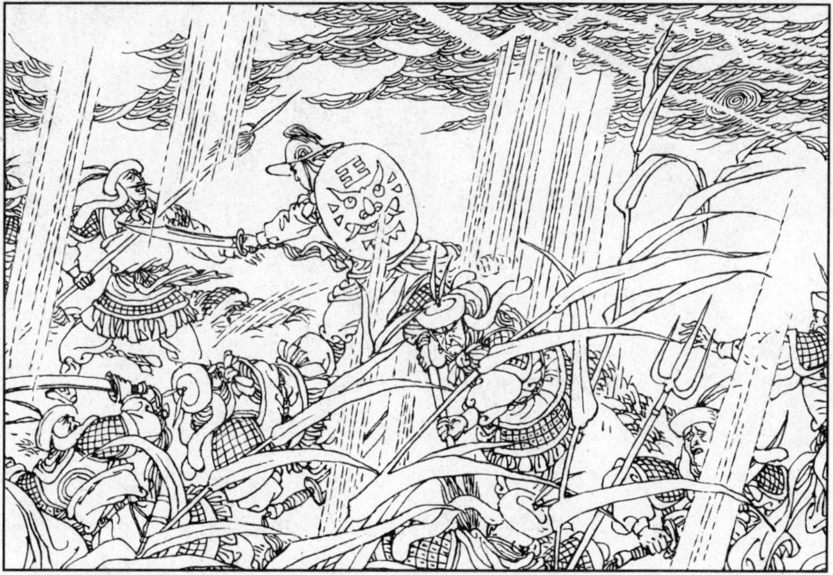

19. 百名壮士时而分散隐蔽，时而闻哨而聚，借闪电同时出击。金兵不知来了多少宋军，黑暗中又不辨你我，自相斗杀。

20. 到第二天天明，金营内已是尸横遍野。完颜褒急派银牌使向统帅完颜宗弼（即兀术）告急。

21. 在汴京的宗弼得报进攻顺昌失利，勃然大怒，立即索靴上马，顷刻集兵，率领十万之众赶往顺昌。

22. 刘锜得悉宗弼率重兵增援，召集部属商议对策。有人说："我们已经打了胜仗，应该乘势南撤，保全军队。"

23. 刘锜说："正是因为已经挫败敌军前锋，使得军威稍振，虽敌众我寡，也只有进而没有退。再说，大敌当前，我军如一动，被敌人追及，不仅前功尽弃，还将危及两淮，震惊江、浙，报国之志反倒成了误国之罪了。"

24. 众人一听，都觉得刘锜说得对，纷纷表示愿意听他的号令，甘愿与敌决战，死中求生。

25. 刘锜召来帐下曹成等二人，密语一番，让他俩随探骑出城。

26. 宋军探骑途中遇上金军增援大部队，曹成等二人假装受惊坠马，做了金军俘虏。

27. 宗弼要他俩招出有关刘锜的情况。曹成道："刘锜喜好声色，他以为两国和好，求得汴京副留守的美差，企图借此享乐一番。"

28. 宗弼信以为真，以为刘锜确是一个无能的庸人，大喜道："如此看来，顺昌倒是很容易攻取了。"于是下令留下攻城车、炮，轻装疾进。

29. 第二天，刘锜见曹成二人身戴枷具远来，知已完成任务，即令士兵将他们缒上城楼。只见曹成所戴枷具上还系了一卷文书，刘锜怕有惑军心，当场取下焚毁。

30. 六月初九，宗弼率军到达顺昌城下，见城墙简陋，轻蔑地说："简直可以用靴尖踢倒！"恰在此时，刘锜派遣使者前来下战书，并且说，宗弼如果敢于渡河作战，刘锜愿意献上五座浮桥让金军渡河。

31. 宗弼看了战书大怒，当即传令次日早饭后渡河攻城，并且折箭为誓，破城后要杀尽成年男子。

32. 当晚，刘锜命令士兵悄悄地在颍水上游及草中施放毒药。

33. 初十天明，金军果见颍河上架有五座浮桥，于是踏桥而过，合围顺昌。他们首先猛攻东门。

34. 刘锜部队人数不足二万，但战士的斗志却是异常高昂。金军在东门攻城受挫，城上守军立刻击鼓。刘锜闻声，率领五千机动兵力出击，金军溃败。

35. 宗弼亲率牙兵三千往来支援。三人为一伍，用皮绳连在一起，号称
"铁塔"，每前进一步，就用拒马堵挡，以示有进无退。两翼再配以重
甲骑兵，号称"拐子马"。金人用此阵攻克过许多坚城，所以被称为
"常胜军"。

36. 形势严峻。刘锜认为应该首先击垮金军中战斗力最强的宗弼部，这样，其余军队也就无能为力了。于是，指挥部下手持刀斧，杀入宗弼军中，专砍马腿，一腿被砍，人马皆仆，前后左右，互相践踏。

37. 宋军几番冲杀，金军毙尸倒马，互相枕藉，损伤十之七八。再加时值酷暑，人马饥渴，饮食水草之后纷纷中毒病倒。这一来，金军攻势顿挫。

38. 刘锜趁敌疲惫，轮番派兵出城袭击。金兵大败，横尸遍野。宗弼被迫移营城西，掘壕列阵，企图长期围困顺昌。恰好天降暴雨，平地水深一尺，刘锜再次派兵夜袭，重创金军。不得已，宗弼只好撤兵回汴京去了。

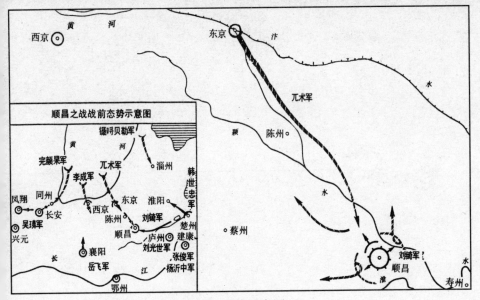

顺昌之战示意图

内嵌图：顺昌之战战前态势示意图

图中标注：
黄河 西京 东京 汴 水
兀术军 陈州 颍 水
韩世忠军 淮阳
刘锜军 楚州 建康
蔡州 刘锜军 顺昌 淮
寿州 水

顺昌之战战前态势示意图
镇哷贝勒军
黄 河
完颜果军 兀术军
李成军 淄州
凤翔 同州 西京 东京 淮阳 韩世忠军
吴璘军 长安 陈州 刘锜军 楚州
兴元 顺昌 建康
襄阳 庐州 刘光世军
岳飞军 张俊军
长 江 杨沂中军
鄂州

孙 子 兵 法
SUN ZI BING FA

曹咎恃勇忘慎失成皋

编文：良　军

绘画：桑麟康

原　文　卑而骄之。

译　文　敌人辞卑慎行，就要使之骄横。

1. 汉高祖三年（公元前204年），历史上著名的楚汉之争已持续了三年。这年九月，楚霸王项羽在西面战场猛攻刘邦汉军的时候，背后的彭越军却壮大起来，给项羽造成了巨大压力，使他烦躁不安。

2. 彭越原与项羽一起参加过反秦战争，战功卓著。但在推翻秦朝后，项羽却没有封他为王，彭越怀恨在心。这时，他与刘邦的汉军联合，接连攻下了睢阳（今河南商丘南）等十七城，威胁项羽。

3. 为了安定后方，项羽决定亲自率军回师东征彭越。他把留守成皋前线的任务交给大将曹咎，叮嘱说："一定要守住成皋。如刘邦来挑战，千万谨慎，不要出战，只要阻住他东进就行了。"

4. 成皋（今河南荥阳西北汜水镇）既是险要地段，又有敖仓的粮库，战略上十分重要。项羽实在放心不下，临行又对曹咎说："我在半个月内，一定击败彭越，回来与你共同出击刘邦。切勿轻率出战。"

5. 然而，作战并非如项羽想的那样顺利，直到第二年（公元前203年）十月，项羽仍未返回成皋。刘邦乘机率领小修武（今河南获嘉东）汉军渡过黄河，向成皋的楚军发动进攻。

6. 起初，曹咎还遵守项羽的军令，尽管汉军一次再次地挑战，但他仍谨慎地坚守城池，不准任何人出城与汉军交战。

7. 刘邦达不到正面交战的目的，就改变策略。他知道曹咎性情暴躁，有勇无谋，就针对这个弱点，设法把楚军引出城来，然后予以消灭。

8. 于是，刘邦派一部分士卒到楚军城边叫骂，嘲笑曹咎胆小如鼠，躲在城中不敢出来。

9. 这样连续叫骂了数天，曹咎实在忍不住这口气，竟把项羽叮嘱的谨慎行事忘得一干二净，一股傲气上升，就下令楚军出城作战。

10. 汉军已经休整了数月，此时见楚军中计出城，稍一接触，就佯装战败，退向成皋附近的汜水对岸。

11. 曹咎见汉军不堪一击，骄横之气更增，指挥楚军渡汜水追击。

12. 在汜水对岸以逸待劳的汉军乘楚军渡至河中心时，立即集中兵力向楚军发起了猛烈的攻击。

13. 楚军前进不得，后退不及，被杀得大败，几乎全部战死溺死。曹咎自知违反了军令，就在汜水上自杀身亡。

14. 刘邦乘胜夺得成皋，取得楚军的大量物资，然后驻军于广武（今河南荥阳西北）的西山，以便就近享用敖仓的粮食。这一仗，使项羽失去了战略要冲和储粮基地，楚强汉弱的局面从此开始改变。

伍员疲楚入郢都

编文：王素一

绘画：钱贵荪 金 戈

原　文　佚而劳之。

译　文　敌人休整良好，就要使之疲劳。

1. 周敬王八年（公元前512年），吴王阖闾认为经过几年的奖励农商、修明法制、练兵习武、增修城池，国力强盛起来，可以去攻打楚国、扩张势力了。于是召太宰伯嚭、大夫伍员（字子胥）、大将孙武商议。

116

2. 大将孙武说："大王要发兵远征，军需用量极大，从眼前看，百姓还不胜负担，士卒过于劳累，还不是时机。再过几年，条件更成熟，才能百战不殆。"

3. 伍子胥因急于要报杀父之仇，恨不能立即灭亡楚国，遂提出了疲楚的战略，建议把士兵分为三军，每次用一军去袭扰楚国边境，"彼出则归，彼归则出"，使楚军疲于奔命，消耗实力。

4. 吴王阖闾采纳了伍子胥的建议，遂于第二年（公元前511年）派一部分兵马袭击楚国的六城（今安徽六安北）和潜城（今安徽霍山南）。

5. 楚国急调沈城（距潜城较近）长官戍率军救潜城。戍领兵赶到潜城时，吴军已撤兵离开了。戍遂让潜城百姓迁往南岗（今霍山北），以便于沈城的兵马及时救应。

6. 就在楚军救潜城并搬迁百姓的同时，吴军已攻破六城，杀伤很多楚兵，掳了一批物资后撤走了。

7. 不久，吴军突然又攻击楚国的弦（今河南息县南）。楚又派左司马戌、右司马稽率大军救弦。楚军奔跑数百里赶到豫章（今河南潢川东），还没有接触到吴军，就得悉吴军已经撤走了，累得精疲力竭，却一无所获。

8. 如此忽南忽北、反复袭扰楚国，使楚兵疲于奔命，百姓不能安心生产，人心惶惶。这样搞到第四年（公元前508年），伍子胥又建议吴王阖闾使用"媚楚"计，进一步骚扰楚国。

9. 阖闾要伍子胥详谈计划。伍子胥说:"这几年吴国反复骚扰楚国,楚人是痛恨的,必然想出军伐我。眼前,楚国的属国桐(今安徽桐城北)叛楚,我国佯装帮楚国去讨伐桐国,诱使楚军到桐国附近来……"

10. "对！" 阖闾点头道，"这就可以在楚境打仗，继续疲楚误楚。"
于是，吴国就派孙武打着讨伐桐国叛军的旗号，率大军来到桐国以南驻
扎下来。

11. 果然，楚国派令尹囊瓦（子常）率军至桐国北部和西部驻扎。囊瓦派人探知吴军战船列于江面，以为是吴国真的胆怯，想用伐桐来讨好楚国，遂不加提防，静观对方如何攻打桐国。

12. 此时的吴军，已在巢城（今安徽安庆北、桐城南）附近集结，等待时机。见楚军从秋驻扎至冬，士气日益低落、防备松懈，孙武抓准时机，率吴军发起突然袭击，以伐桐的名义，将桐国周围的楚军打得大败。

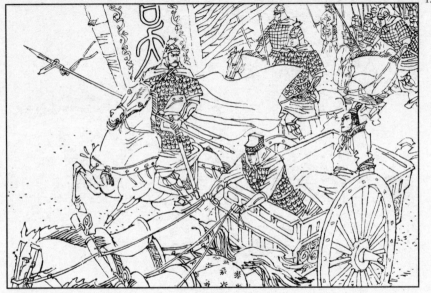

13. 吴军在胜利返回的途中，冲进巢城，俘获了楚国守卫在巢城的大夫公子繁及大量物资，班师回国。

14. 这样的"疲楚"战略，吴国一直坚持了六年。在这六年间，又由于楚昭王年幼，权奸当道，国力大衰。公元前506年，楚国令尹囊瓦又率军包围了蔡国的都城上蔡（今河南上蔡西南）。蔡国联合唐国（今湖北随县西北）派使臣向吴国求援。

15. 蔡、唐虽小，但处在楚国的侧背，而这两个小国与吴国之间的几处战略地点早为吴国占领。吴王抓住这一时机，答允与蔡、唐结盟，联合攻楚。

16. 吴王阖闾遂与伍子胥、孙武做了详细分析。孙武说："当年我认为时机尚不成熟，经过这五六年的准备，而且'疲楚'战略也有明显效果，再加上楚将囊瓦贪而无能，蔡、唐等国对他恨之入骨……现在攻楚是个机会。"

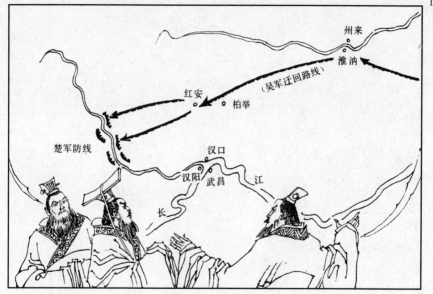

17. 接着还分析了与蔡、唐结盟后，为吴军避开楚国正面，从其侧背作深远的战略迂回提供了有利条件。于是决定了战略方向：从淮河平原越过大别山，在江汉地区寻求楚军主力决战。

18. 公元前506年冬，吴王阖闾率其弟夫概，及伍子胥、伯嚭、孙武，出动了几乎全国的军队三万多人攻楚。

19. 吴军乘船沿淮河西进，过了州来（今安徽凤台）以后，便把船留在淮汭（今河南潢川西北），将士离船登陆，沿淮河以南继续前进。

20. 吴军乘楚国连年作战极度疲惫，北部边境防务薄弱之隙，又有蔡、唐军队作先导，迅速地通过了楚国北部的大隧（今河南信阳南）等三关要隘，直向汉水迫近。这次行军，兵不血刃而深入楚境千余里，实为多年"疲楚"的结果。

21. 楚国由令尹囊瓦、左司马戌等人率军在夏州（今湖北武汉）以西，沿汉水布阵，与吴军隔水相峙。

22. 楚国司马戍建议由自己带兵去截断吴军退路，令尹囊瓦不同意，竟单独率兵渡过汉水向吴军进攻。大战三次，均没有什么战果。

23. 十一月十九日，吴楚两军列阵于柏举（今湖北汉川以北）。吴军士气旺盛，楚军勉强应战。夫概决定拼死一战，率所属五千兵先攻囊瓦的部队。

24. 楚军一触即溃，主力随之大乱。令尹囊瓦率先逃跑（逃奔郑国），
大夫史皇战死。

25. 吴王阖闾、大将孙武乘机以全力投入战斗，大败楚军。

26. 楚国败军纷纷向西溃退。吴军实施战略追击，在郧、随一带（今湖北安陆以北、随县以南一带）追上楚军。待楚军半渡过清发水时，吴军发起攻击。

27. 先渡的楚军得免于难，后渡者拼命争渡，毫无斗志，落水、被杀者无数。楚军又大败。

28. 吴军继续追击，在雍澨（今湖北京山西南）赶上再战，楚军惨败。

29. 孙武指挥吴军，不给楚方喘息机会，迅速抢渡汉水，直奔郢都。

144

30. 吴军连续打了五仗，连战连胜，于十一月二十七日占领了楚国都城郢（今湖北江陵）。楚昭王带着妹妹仓皇出逃。

吴楚柏举之战示意图

孙 子 兵 法
SUN ZI BING FA